Diego Solís

Nosotros, la primavera

Premio Asturias Joven de Poesía, 2024

Principado de Asturias

& trabe

Uviéu, 2025

Esta obra obtuvo el Premio Asturias Joven de Poesía 2024 convocado por la Consejería de Ordenación de Territorio, Urbanismo, Vivienda y Derechos Ciudadanos del Principado de Asturias (Dirección General de Juventud), según fallo del jurado:

Presidente:
Francisco de Asís Fernández Olanda,
director general de Juventud

Vocales:
Aurelio González Ovies, escritor y profesor de Filología Latina en la Universidad de Oviedo; Nohelia Alfonso Sáez, escritora y profesora de Lengua Castellana y Literatura en el IES Carmen y Severo Ochoa (Luarca); Pedro Ignacio Ortega Sanz, director de la Escuela Superior de Arte Dramático de Asturias

Secretaria:
Ana Covadonga Ramón García,
funcionaria de la Dirección General de Juventud

Prefacio I: Inmersión

No temas el rasguño ni la pompa;
explota esta y cura la indolencia.
Siempre lo supiste: cabeza alta,
vista precisa, paso alto y firme.
Que se sepa que estás presente
y no tienes intención de abandonar
ni por asomo.

Prefacio II: Expansión

¿Y si el aire empieza a entrar y yo no quiero?
¿Y si todos ven la luz y yo cierro los ojos?
¿Y si cantan la canción?, ¿y si celebran?
¿Me iré cayendo de nuevo hacia la nada?
Me doblo en un rincón entre el silencio.
Nadie estuvo, nadie fue a la despedida.
La tierra tal vez mintió y no fue tan leve.
El aire empieza a entrar y yo me expando.

Nosotros, la primavera

What he wrote

Vaciándome de ensueños paso al lado de la fiesta.
No había nada dentro ya y el corazón se pulveriza.
Puro aire, todo, de cuaresma o de lluvia que vendrá.
Una lluvia que vendría tan a cuento, tan a ti.
Y se arruga lo que queda, se encoge de hombros
                              la avenida.
Éramos un pueblo grande preparado para verse,
éramos mentira, una mentira alzada contra lo nimio.
What he wrote, aquello que escribió, dijo el poeta
Nada, nada me queda, solo un mañana
que se esconde y se pierde entre los dedos.

Perder la voz

Perder la voz,
apagar la fuerza de la tinta,
como apurar el último cigarro.
¿Qué dirías si no pudieras más?
¿Qué dirías si no tuvieras lengua?
Existir como una gota que cae por el desagüe,
ganar la integración hacia la masa,
agachar la cabeza (¡silencio!),
dar al mar, ir a parar al mar, ser mar,
la muerte que multiplica y divide
al tiempo,
al tiempo perder la voz.

Nomadland

Estar se convirtió en mi rebeldía.
Me perdí en la risa en medio de la plaza,
como amistades que suenan a cantos de sirena.
En el fondo del vaso vi una Ítaca, navegué al oscurecer
y era Comala.
Ahora recito de uno en uno precipicios,
en un eco de anclas contra piedra, allá salto,
allí me quedo entre oleajes.
¿Qué querrán?, ¿cómo continúo conversando?
Si hace años que olvidé todo cuanto supe,
si escribo con la ráfaga de sueño,
si maldigo las mañanas de domingo,
¿a quién vas a pedir ahora explicaciones?
Si meditas si comprarte un nuevo traje
o si mudar en aeropuerto:
que broten de tu pecho los aviones
y nos besen cada noche problemas pasajeros,
que nos muerda los labios el tequila
y aprendamos idiomas donde ser y estar
sean sinónimo de nómada.

Explosión

Me busco entero allí, roto en el cielo
encontrando opio entre las nubes,
banderas de imperios animales
de acuciantes rostros que se tejen,
globos que los niños dejan escapar,
como un error sin aire, allí reviento,
estruendo, exploto y hasta nunca.

Voces y martillos

Diz que son las martelladas
D'un martiellu persistente
Que martiella ya esmartiella […]

FERNÁN CORONAS

Estuvimos a punto de ser pueblo,
sin opio ni circo que nos callase.
El pan colgaba alto en las farolas,
el hambre golpeaba el bajo orgullo,
y nuestro martillo construía la escalera,
nuestro martillo
acomodaba el sillón del amo,
nuestro martillo que no quiso ser pueblo,
que escogió apuntalarnos en el sitio.

Tiempos de

Corren malos tiempos para la lírica,
toca estirarla y hacer pesas,
llenarla de la risa y de los cuentos,
sacarla a la calle,
guardarla en los bolsos de la buena gente.
Corren malos tiempos para la lírica,
huele a fábrica y taberna,
la cantan peluqueras,
la susurran los taxistas,
la escribimos en los barrios.
Corren malos tiempos para la poesía,
tiempos de romper con lo que han dicho,
tiempos de decirse: «somos ciertos»,
tiempos de salir a cometerse.

Famélica legión

Puedo escribir los versos más tristes esta noche,
cantarle a la luna, disparar a las oscuras golondrinas.
Puedo fumarme la hoja de hierba o plantar girasoles
allá donde hablaron de las tierras, acaso, baldías.
Puedo abrazar sin primavera y volar sin ángeles.
Mire usted, crítico firme, escribiré para gustarle,
para así citar a Borges y a quien quiera, ya lo ve:
«Sólo tú eres. Tú, mi desventura», yo también
yo también sé escribir para su aplauso.
Por Dios, recite usted mis pecados de memoria,
olvidemos aquel día que hubo hambre,
que yo tuve el valor de recordarlo.

Elijo la libertad

Me planto en las palabras y las saboreo,
como pequeños caramelos de manzana.
Me gusta jugar con las sombras nocturnas,
me pierdo en sus aires negros y rojizos,
bandera libertaria que dibuja y siente
que vuelve a dibujar mapas, geografías,
ya sin patrias. Nada más necesito.
Elijo la libertad que otorgan las aceras.

There She Goes

El tiempo no se detuvo por más que pareciera.
La receta tampoco funcionó en esta ocasión.
Fui tan parte del ruido que no me oí gritar.
Fui tan libre como pude: nada.
Y los poemas fueron de nuevo un gran secreto.
Suerte, me digo. *Suerte*.
Solo me queda la luz de esa farola,
viejos discos, el falso recuerdo de tus bailes.

A Hard Rain's A-Gonna Fall

Al menos tener *sensación de libertad.*
Eso me dijo la doctora, eso necesitaba.
La sensación solamente. De qué.
De libertad. De respirar. De cuánto.
Saber qué hacer cuándo, a dónde ir
mientras las llamas se prenden,
mientras el humo nos guía,
mientras negocian la llama,
mientras ellos brindan.
Tal vez sirvan los versos.
Tal vez alguien escuche.
Tal vez caiga una lluvia muy fuerte.
Al menos tener la *sensación.*
Y que sea mentira como nosotros.

Nerudianos

Digo tu nombre como si a mí vinieran los pájaros del bosque.
Me acompañan y me cantan nuestras canciones favoritas.
Los vientos me recuerdan que no tengo que inventarme tus gestos:
sé cómo te colocas el pelo a un lado cuando te agrada un verso suelto,
sé cómo achinas los ojos al poner toda tu atención en algo,
sé
también
cómo callas y te vas y no vuelves y pareces y estás como ausente.
Y el pasado se nos pone nerudiano.

Capitán Haddock

Nunca me ahogaré ya:
tengo la barba del capitán Haddock
y el flotador de cualquier marinero de agua dulce.
Vaya semana, ¿eh, capitán?
Aún es miércoles, querido,
y ya me cuesta salir a flote.

Conciencia de clase

La clase obrera y un ratón muerto.
No asusta tanto como antes.
Todo huele a humo y nos desquicia.
La violencia acalora nuestros bailes.
La clase obrera queda con amores del pasado,
se mancha con cansancio las camisas.
No quedan obreros, solo clase.
No queda dinero, solo rabia
y el cuchillo afilado entre los dientes.

Nosotros, la primavera

Yo que perdí ayer todos los trenes
y me recorren los nervios tan ansiosos.
Me basto y me sobro para encenderme.
Estoy a un solo click de mi desdicha.
No espero demasiado ya de nadie:
paz, acaso, noches serenas, libros,
que mis principios no lleven parachoques.
Guerra, acaso, ensayos de otro tiempo,
que mi final no sea la última bala.
Yo, que ganaré mañana *todas* las estaciones,
para ser siempre nosotros, la primavera.

Pero no sin amor

Mi madre nació bajo un árbol de olivo
en un suelo que, dicen, ya no es mío;

RAFEEF ZIADAH[1]

Perdonen por interrumpir,
no quisiera, discúlpenme,
aguar la fiesta, manchar la alfombra
con mis pies cansados de tanta huida,
Perdonen si no entienden bien lo que les digo.
Usaría mi lengua, pero
tal vez me la quiten también,
la usaría, créanme, pero van de nuevo a señalarme.
Usaría mi memoria, pero ya estoy olvidando
cómo se dice en mi idioma la palabra «patria»,
la palabra «amor», la palabra «paz», la palabra «libre»;
por eso mis disculpas por tener que leerles esto.
Yo no soy más que otro cualquiera, de una tierra
que vinieron a arrebatar de la tierra, de un beso
al que cortaron los labios.
Mis abuelos trabajaron la tierra, esa,
que mis padres defendieron;
allí bajo un olivo descansan, allí duermen,
pero eso también empiezo a olvidarlo.
Mi pasado está al otro lado del muro,
si quiero visitarlo en mi presente tengo

---

[1] El poema escrito es una versión libre y personal del de esta autora, que me inspiró y
abrió los ojos ante lo que estaba pasando en Palestina, hecho para reivindicar y dar visibilidad
a dicha situación en distintos actos.

que pasar una zona de esas que las autoridades llaman «no recomendable»,
si quiero visitarlo en un futuro es probable que solo vea escombro, restos,
ropa rota como un golpe en el estómago.
Me dijeron que la vieron retenida,
que hubiese dado a luz de no haber gritado tanto,
los soldados están siempre atentos a que todo esté donde tiene que estar,
como tiene que estar, como debe ser,
para que no nazcan más terroristas como nosotros.
Hemos de dar gracias a que han mandado sus aviones europeos, sus helicópteros americanos, sus brigadas entrenadas para la eficacia, no naceremos
más, lo juro,
no está bien que lo hagamos. Discúlpenme.
La vi en la manifestación, salía en el telediario, aunque no entendí lo que
[decían.
Se la llevaban unos hombres. No debió haber gritado, no, no no lo hagas,
[cariño (repite),
debió haber hecho caso a lo que decían los hombres de la radio.
Lo siento, si estamos haciendo un ruido que distraiga tu poema,
si los versos que tenemos los lanzamos, rebeldes, insurrectos,
si los hijos que no tendremos tiran piedras en la franja
si cantamos del río, si bailamos al mar,
si tejemos con tristeza una bandera palestina,
que sepan que sin esperanza, también se puede vencer,
pero no sin amor,
que sepan que escribí esta carta para que cuando yo falte
se sepa, aunque manche las alfombras,
aunque cambie las palabras de los amantes,
aunque tergiversen cada frase a su antojo,
aunque os cuenten tantas cosas tan rápido,
para que no os paréis por un momento,
que sepáis que sin esperanza también se puede vencer
pero no sin amor, perdónenme.

Ti-ti-titubeas

Pregunto y titubeas
Tienes miedo
Titiritas

PAULINE EN LA PLAYA

Perfilo al aire tu rostro,
ya casi olvido la suavidad,
tu cara de niña sorprendida,
«ti. ti, titubeas, ti, ti, tienes miedo»
sí
a nadie quise más, te lo prometo:
había paz en ti, pero tanto miedo…
que paralizabas en mi mente las estatuas.
Sí
Tanto que dejé por el camino.
Tan, tan, tanto que me agoté y ¿ahora?
Ahora tan nada.

Estrellas

A mi abuela

Ah, la vida, ese invento…
Tomaste por destino caminarla,
tomar la tierra por sus pies,
echar a andar tu mundo libre.
Viniste de los tiempos de hambruna y de miseria,
del tiempo del Corpus y la Culpa,
que nunca era soltera.
De una España negra que no termina de marcharse.
Te llegaron a Costas Verdes, dejaste la luz *encesa*
y me enseñaste a querer con frases hechas,
abrazados a un ser que venía a visitarnos en verano,
aprendimos a mirar los carros y luceros de la noche.
Lo repito, a veces, cuando vienes a mi mente,
me protege otra estrella cuando miro al cielo.

Lugares comunes (revival milanesiano)

Yo pisaré las calles nuevamente
aunque aparezcas en sus formas y veredas,
para poder olvidarte caminando,
y me encuentre tal vez una moneda.
Yo te vendré nombrando por las calles
y lanzaré ese euro hasta los cielos,
por ver si sale cruz o sale cara,
y si no es tal dicha cruz, ver tu rostro sonriendo.
Yo tomaré los pomos de las puertas,
haciendo que es tu mano lo que toco,
y si es que en ello hay una respuesta,
seremos para siempre amigos nuevos.
Unidos los cuerdos y los locos,
volveremos a ocupar juntos la plaza,
cambiaremos por rosas tanta nada,
recordaremos los libros, las canciones,
renacerá mi cuerpo de esta ruina
y pagará esta ronda tu recuerdo.
Yo pisaré las calles nuevamente,
de lo que fue esta ciudad enamorada,
y en nuestra rabia de amor en el escombro,
nacerán nuevas patrias, nuevas flores.

You are welcome

Escucho a veces los sonidos de un mejor silencio
y oigo tu voz,
allí donde los días son presentes,
allí donde al futuro lo envuelven girasoles.

Nada pido, nada pides.
El cofre siempre estuvo vacío:
solo tuvimos una mirada ondeando,
solo en las manos una eterna bienvenida.

Cúrame

Cúrame viento
Ven a mí
Y llévame lejos

MORGAN

Oh, viento, aire, lluvia, ahora nuestra,
cae para que bebamos a ojos ciegos,
crezcamos siendo hierba en la noche,
todo crezca, salga el sol, digamos:
oh, vida mía, cruel impacto, acaba
acaba de una vez con mi tristeza.
Sáname, árida cuenta, cuenta me doy
que no soy mar sino riachuelo,
que no hay camino sino respiro.
Oh, lluvia cúrame en la espera,
que el viento lleve nuestros males.

Tierra en mí

Acaricio entre mis yemas la yerma tierra,
ennegrecen mis palmas que ahora aferro
y agarro otro puñado hasta apretarlo.
Soy raíz, regada por el sol y la miseria,
tomo aire –en cruz– como un mesías, grito,
cae la tierra hacia la tierra, miro al frente.
¿De quién es tanta nada, negros campos?
¿De quién este poema, absurdos versos?
De ti, mi amor que abrazas, apática, el olvido.

Mal querer, mal decir
(cantiga de escarnio ficcional)

Me da miedo cuando sales
sonriendo pa' la calle
porque todos pueden ver
los hoyuelitos que te salen…

ROSALÍA

Maldigo a todo aquel que te mire
y se te acerque.
Que quien te ame, jamás ame de nuevo,
se rompa su ilusión en mil pedazos,
nadie salga indemne.
Tú, ante mí, sobre mí,
hacia mí, una y otra vez,
agotando besos y mordiscos,
con la suavidad de una puñalada.
Así te quise, así me odié.

Yo te vi

Yo te vi, sombra mía,
sequé un camino entre las nubes
con la canción susurrando nuevos tiempos.
Salí del amor al mundo, dije: sombra mía,
mía fuiste y no serás ya nunca entonces,
pues querer solo se torna derrotero.
Yo te vi, sombra mía y me llamabas.
a voces, me llamabas, ¿o era el viento?
Yo te vi, sombra mía, de honor palabra,
y me postro infeliz y vivo casi feliz
ante tu ausencia.

Los rayos que no cesan

A Miguel Hernández

Elegía a Miguel

Tu poesía que no fue fruto perfecto, ni sagrado,
huidiza de la pompa de las conmemoraciones.
Tu vida, más que un ejemplo, una incurable llaga
que llega tan adentro como horizontes en la noche.
Tú, Miguel, bardo inmenso que siempre recordamos.

Si es cierto eso de Hipócrates: «*Ars longa, vita brevis*»,
dejadnos negar esta penumbra y que viva el canto,
que el cantor siga, y si es breve y corta la existencia
que la muerte nos encuentre defendiendo tu causa.

Tu voz en escena «Quién te ha visto y quién te ve»
se hizo carne y telón, roja «sombra de lo que eras».
Pastor de verso, naturaleza viva en tonos verdes,
desnudo de aparejos y silencios, hombre de tierra,
                                    estratosférico.

No eras arcadia pastoril, tan solo un pájaro
que descansaba en las ramas de cada nombre.
Jilguero de elegías y de himnos, juglar, pueblo.
Como todos fuiste un río, bañándote dos veces
en las aguas heráclitas de los estíos de antaño.

Te subías a los árboles, de sus hojas brotabas,
como un manto cálido que cubría a las gentes,
como una sombra que cobijaba a los labriegos
y tus manos tocaron el sol para la libertad,
                                    la nuestra.

Muchacho de ojos alegres de pradera,
«el Barbacha» que corría por los campos
de fútbol y cultivo, cultivado en Quevedo,
huido del mundanal ruido, llama de amor,
geórgico tenor, érase a un suelo pegado.

Llegaste tan pronto como tarde, ya ves,
preciso rayo incesante que aquí no cesa,
para darle voz, manos, puños, lengua
a los vientos del pueblo de Víctor Jara.

Pero te absorbió y tragó la húmeda cárcel,
allá donde el recuerdo fue más que esperanza;
cubrió tu hambre la nostalgia, nos dolió tu dolor.

Que me encuentre la muerte defendiendo tu causa,
que me escuchen los vientos recordando tu ausencia,
que lo sepan aquellos que ante tu sombra callan.

Contigo pan y cebolla

A mi padre que me descubrió las «Nanas de la cebolla»,
al canto de Miguel Hernández

Mi padre, hombre de campo,
cantó en silencio a la cebolla,
merienda en aquel tiempo, lujo,
con un trozo de pan acompañado.
Yo de pequeño no entendía,
nunca supe del manjar aquel
que cortado era fruto eterno:
nunca vi la luna en esa capa.
En su crudo olor y rudo gusto,
se curtían duro los chavales
en tiempos de voto de silencio
para huir de yugos y de flechas.
Con el tiempo conocí miseria,
vi llantos mudos en mi pueblo,
me pudrió allí su enfermedad
y a pesar de ello, una sonrisa.
Así, cuando veo a mi padre
presente en todo aquello,
con nada nos abrazamos
y uno dice con sarcasmo:
«contigo pan y cebolla»;
y el mañana escribimos,
y el futuro se nos tiñe
                    de nostalgia.

Y todavía (hijos, nietos) después del amor

Fuimos hijos de todo aquello que no pudo ser.
¿Qué será del amor después del amor mañana?
¿Quedará más que odio o indolencia en esta patria?
No quiero amores pálidos y solos, amores nimios,
quiero la lluvia, que moje y empape todo el tiempo.
Huyo, como la peste, de la dureza de falsas piedras,
quiero mares, marejadas de fuerza hasta el abismo,
que se vayan las voces tibias, tesoros secos de sal,
quiero un vacío que me edifique y lo edifique: viento.
Después del amor, la tierra. Después de la tierra, todo.
Nuestros hijos serán simiente y arado, serán la savia
que nutra y cargue poemas que ni siquiera imaginamos;
serán el amor en su tierra, serán su mañana en su presente.

Pastores de Orihuela

…aceituneros altivos,
decidme en el alma, ¿quién,
quién levantó los olivos?

MIGUEL HERNÁNDEZ

Pastores de Orihuela, díganme;
díganme quién duerme al raso,
si guardan, guían, crían el amor,
si van a alzarse…
si el rebaño es solo nube gris,
o solo un porvenir en participio.

El mayo que seremos

La vi reír

La vi reír y de su boca salían todas las músicas del mundo.
En sus ojos estaban los colores, todos, de los que abren cielos
y hacen suspirar los girasoles.
En su rostro algunos lunares de cara oculta en sol naciente.
Creo que me contó su génesis entera, genealogías de golpe o un romancero
en su prosodia de los días felices, fonética de aquello que nos fue arrebatado.
Creamos con una isla desertora entre cervezas, una fortaleza de martes por
la tarde, rayo de sol en esta casa abandonada.
Por un momento me vi en su cotidianidad, por otro disfruté lo efímero
                                                              [de verla.
La vi marcharse en su coche blanco, no recordaba ya no sentir una punzada.
El olor a flores muertas de los lugares que no dejan habitarse.
Todo irá bien, te digo. Todo irá bien, te digo cuando miento.

Lo sé

Intensidad para asumirnos,
besarle los labios al futuro,
vivir con los pies agotados,
caminar con el corazón a mil.
El hechizo de esta luna llena.
El mayo que seremos, lo sé.
Intensidad para avivar la llama.
No perder un solo instante.
Huir de lo perfecto y lo medido.
Saber que eres más que suficiente.
Después de años me lo digo:
te quiero tanto, amigo mío.

Verbigracia

Ingrato placer la desconfianza,
pues sabido es que amar no es ya debido
y olvidar es menester ante la ausencia.
Callada se duerme ahora Esperanza,
gritará al final que nada espera; desdén
al sino de los tiempos, nada esperar así.

Mereces París

Por si algún día te despiertas y no sabes para qué ni para quienes
y caes sobre tus pasos con desgana
y no suspiras al atardecer y a nada aspiras
y languidecen en ti las sístoles del tiempo
y piensas que nunca estás donde debieras,
solo te pido que mires esas fotos, en las que fuiste mucho más que
                              [decorados de película,
que recorras esas calles que ahora son ya tuyas,
que repitas para ti y ante cualquiera
que mereces todo lo bello, el pan, las rosas, cada rincón de ti que
                              [al mundo entregas,
que mereces París,
los recuerdos que te guardan.

Perder París

No eran tan fuertes nuestros cimientos, no estaba en lo que celebraba, no abrían todas las puertas, no era eterna la poesía.

Amanecer con la utopía, acostarse con un puñal bajo la almohada.

Volver descolocado de la Torre Eiffel, la decepción invadiendo cada uno de los molinos rojos, las librerías francesas como fondo de pantalla.

Mirarte y que no sepas qué decirme, tirar la ilusión bajo los puentes, perder París, metáfora de lo irreversible.

Aquí

Quiero fluir, flotar, ser aire,
pluma que mece el viento.
Quiero desvanecerme suave,
en silencio como un sueño,
que la mar me lleve,
que los días me traguen
y me escupan entre flores.
Quiero ser aire, flor, pájaro,
eco de la más sabía montaña
para deciros lo único importante:
estáis aquí.

Nortes

El cielo juega conmigo a la ruleta.
Me apuntan hojas caídas, cortan.
Señalan estas, ¿la muerte, el amor?
Nada contesto. Nadie sabe a dónde.
Mis Nortes se fueron hace tiempo.

Forever Young

¡Que somos jóvenes! decía esa chica del trabajo.
Como si no estuviera hablando con un muerto.
Pobre.
Pobres.
Se cruzan con tantos muertos cada día y los saludan.
Yo prefiero hablar con ellos, ser parte.
Que me canten y me cuenten, ellos saben bien.
Dialogo con ellos, fumo el tiempo.
Cantan aquellos que un día me abrazaron.
Chavela me incita a brindar con extraños.
Que les den a esos que no han perdido nada,
jamás entenderán la tristeza de las nubes,
el desgarro que da dejarse caer, dejar ganar,
para que salgan otros soles.

Don't Think Twice

You just kinda wasted my precious time
But don't think twice, it's all right

BOB DYLAN

Saboreo, relamo y extraigo su jugo que me nutre,
escribo, sigo.
Así la vida, así la belleza en este campo,
mientras los árboles miran extrañados
y las nuevas canciones nos espantan de primeras,
pero la vida a punto y coma nos va siguiendo,
y no habrá nadie que pueda pensarlo dos veces
ni siquiera.

Verano

Todo verano es el final de algo.
Toca renacer cuatro veces por año.
Es natural caminar siempre hacia el ocaso.
Al menos dos veces por lapso,
perder la fluidez, no respirar,
despegar el suelo del abdomen,
tomar unos kilos, darse por vencido.
Hasta que empiecen a asomar rayos de sol,
y una piel nos engañe una vez más.

La importancia de llamarse Grace Kelly

Que si «te has fijado», que si «claro».
Yo solo era un mapa, faltaba la tierra,
un giro inesperado hacia la luna, magia,
creer en la magia con veinte qué fácil,
decidir si hay plan o si hay secuencia,
si hay música, abril el mundo marcha
o se vuelve en 6 minutos.

Que si «te has fijado», «que sí, que claro».
Ella no tuvo nada que ver con el cine clásico
pero fue muchos poemas y preguntas,
¿qué haría este mundo sin sus ojos?,
¿por qué darse la vuelta ante mañana?,
¿quién soy yo para negarme a su sonrisa?

Que si «te has fijado» o algo de eso.
Los museos están llenos ya de musas,
¿o era al revés?
Las musas están llenas de museos

Yo te eterno,   ¿eso existe?
Ya nada prometo, espero solamente.

Que si «otra cerveza», que si «la espalda»,
que se recoja el pelo, que se muerda el labio,
que se caiga y se levante, que no me necesite:
Esas cosas   ¿era así?

Que sí, que abrió primaveras con su boca,
que yo, indiscreto, miré por la ventana

rezando a lo profano, al son de una guitarra,
buscando lo imposible en las noches sin cena,
pero me distraje tanto que no supe.

Que si «te has fijado en esta poesía
que vacía y me corta en dos el aire».
Que sí, que si «te has fijado en las estrellas,
lo bonitas que se han puesto esta noche
para vernos».
¿No ves a allí a Neil Armstrong?
Saluda, saluda, pero no llegó a ver a sus abuelos.
Nadie pudo ya.
¿Te has fijado, o no?
No me ha dado tanto la espalda la vida,   ella sí,
pero agarro la tierra y es más grande, la cultivo,
pues vengo de labriegos y planto y planto el verso.
Me agarro a la tierra y veo crecer allí cada poema.
Allí me quedo, que allí me entierren.

Reconstruyéndome vuelvo a la casa familiar.
La reconstruyo y la habito, *With or without you*,
Reconstruyendo los restos de mi espanto
No hay avance.
Y a la nostalgia la llamamos retroceso
No lo quiero, no la quiero.
Allí me quedaré.

Venga al poema belleza y largo amor,
el último romance que me queda.
Estar tan vivo, sentir calma, abrazar
como el olor a naranjas de mi madre
que de pequeño se acercaba a despertarme,
suave y delicada para no romper mis sueños.

Que no, que la vida no me dio la espalda;
me regaló planes y secuencias,

                    unos pocos
una escena en Oporto o en Burdeos,
amaneceres en Coquimbo o en El Llano.
Que sí, que me digo tan mío, nada en
serio, que me parto de risa y me relamo si
me leen y espero sentado, corriendo, un
nuevo amor,
que tampoco, esta vez, se llamará Grace Kelly.

Vivir (prosa casi vitalista)

Vivir, pendiente de lo que indican las sombras, ecuestre del secuestro,
de la opinión del dedo que señala y no se mueve ni para decir que «no» a
la muerte.
Vivir como un ave migratoria hacia la nada, corredor de fondos de pantalla,
tan ciego que veía triunfar a todos y se hundía en su bañera de patitos de
[goma
color triste.
Vivir de amores que no se quedan a tomar de la mano una paciencia,
que saben a fresa sin la fresa y uva sin pepita y no dan fruto;
amor, enemigo de la tierra cortador de siembras, negador de barbechos.
Vivir como el escribidor de informes y albaranes, ermitaño del producto,
bebedor de culpas, sordo a los sonidos de las revoluciones, mudo a la
[desgracia
y a la muerte de los girasoles y madreselvas.
Vivir como quien prefiere la desdicha al sol, quien dice que *no, ay ay ay ay*
hay que ver lo mal que están las cosas hoy en día, tapado por la suerte,
de que su riesgo no cobija más que un techo.
Vivir guardando los miedos para cada nuevo ocaso.
Vivir, no así, no para ellos, pues sé bien que vivir no viene escrito,
que caerán reyes e imperios en mi nombre, que aún quedan amigos, rabia,
amores. Mas pensar lo contrario, pararse a mirar tu lado del camino, será
morirse en bajo, al otro lado, vivir.

Índice

Principado de Asturias

Primera edición: junio de 2025

Todos los derechos reservados

Promueve:
Consejería de Ordenación de Territorio, Urbanismo,
Vivienda y Derechos Ciudadanos del Principado de Asturias
(Dirección General de Juventud)

Edita:
Consejería de Ordenación de Territorio, Urbanismo,
Vivienda y Derechos Ciudadanos del Principado de Asturias
(Dirección General de Juventud)
y Ediciones Trabe

© Diego García Solís, 2025
© de la edición: Ediciones Trabe S. L.
Fernando Alonso, 17 - bajo derecha - 33009 Oviedo
Teléfonos: 985 208 206 // 684 626 445
www.trabe.org
ediciones@trabe.org

Fotografía de cubierta: Marina Reich
Fotografía del autor: Lourdes Montes
Corrección de textos: Esther Prieto

Impreso en Asturias

Depósito legal: As-00107-2025
ISBN: 978-84-10345-58-4